Carlo Lucarelli

Autosole

Rizzoli

ISBN 88-17-01308-0

Prima edizione: settembre 2006

Autosole

a Gaetano
che conosce le autostrade

PREFAZIONE

Per un certo periodo ho vissuto in autostrada.

Viaggiavo tantissimo come fanno quasi tutti gli scrittori, perché sembra che questo sia un lavoro sedentario e invece, tra incontri con l'autore, letture, convegni e presentazioni di libri, finisce che sei sempre in giro. Tutte le volte che potevo usavo la macchina e, quando era possibile, tornavo indietro la notte stessa, appena finito, per cui sì, vivevo in autostrada, e se avessi dovuto dare un appuntamento a qualcuno avrei fatto prima a darglielo al casello che a casa mia.

È stato allora che ho scoperto questo mondo assurdo, affascinante e incredibile che è l'autostrada. Un mondo a parte, veramente, con le sue regole, i suoi punti di vista e la sua incomprensibile e a volte disumana logica. Non sono stato io il primo a definirlo un *non luogo* ma è così. L'autostrada non assomiglia ad altro che a se stessa, un mondo con un'unica direzione, *avanti*, misurabile *da casello a casello*, che ha l'uni-

9

co scopo di farti arrivare in fretta da un'altra parte, negando quindi la sua stessa esistenza.

E invece esiste eccome e di cose ce ne succedono parecchie, lungo il tragitto, negli autogrill, che per le autostrade sono come i porti per le città di mare, o in quell'incubo surreale che sono le *code*. Surreali perché sono la negazione stessa dell'autostrada, trasformandola da un posto in cui ci si muove velocemente per andare da qualche parte a uno in cui si sta fermi nel nulla. Ma surreali anche perché sembrano dotate di una logica propria, che ti fa fermare all'improvviso senza che tu sappia perché e poi ti fa ripartire, e magari c'è stato un incidente, c'erano dei lavori in corso, un blocco qualsiasi, ma tu non vedi niente, ricominci a muoverti con la paura di fermarti di nuovo e vai avanti, come se fossi soltanto una cellula di un organismo più grande che decide lui cosa fare, se distendersi lungo la strada o rattrappirsi all'improvviso, immobile, parafango contro parafango, sportello contro sportello, come muscoli di un unico corpo.

Ne succedono eccome di cose, in autostrada. A me ne sono successe. Ho visto un uomo che correva lungo le auto ferme in coda e bussava ai finestrini chiedendo se c'era un medico, perché sua moglie stava partorendo alcune auto più indietro, e sembrava un film, e invece stava accadendo davvero e proprio lì, in autostrada. Ho visto uomini in calzoncini e ciabatte fare la coda davanti ai servizi con l'asciugamano e il bagnoschiuma come fossimo in campeggio al mare, alla domenica, in tarda mattinata, e invece era l'alba di un lunedì, dalle parti di Asti e quelli erano camionisti che si volevano lavare un po' prima di ripartire. Ci ho dormito, in autostrada, quando sono rimasto bloccato in una coda inspiegabile, un po' prima di Modena sud, vicinissimo a casa, e sono rimasto lì tutta la notte, cullato dal borbottare costante dei motori accesi, ipnotizzato dalle lucine intermittenti delle quattro frecce, finché non mi sono rassegnato come tutti a quell'irresistibile sonno collettivo. Da cui mi sono svegliato, di colpo, per mettere in moto in fretta e partire di corsa, come tutti, senza sapere perché. Una volta mi ci sono anche perso, in autostrada. Sembra impossibile, basta andare dritto, al massimo ti perdi fuori, quando esci e invece io ero sopra pensiero, ho imboccato una deviazione, come prendere per Firenze invece che per Ancona, quando si arriva a Bologna, e mi sono trovato su un troncone sconosciuto, nel nord, con caselli irriconoscibili dal nome impronunciabile, qualcosa che finiva in –*nago* ovest e poi sud, e pensavo *arriverò da qualche parte prima o poi, finirà questo incubo*, ma a uscire, ad abbandonare la sicurezza di quel nastro nero con le lucine sul guardrail per avventurarmi in qualche *Nago* sconosciuto popolato da vampiri e lupi mannari, a lasciare l'autostrada, insomma, non ci pensavo neanche.

Per questo, quando ho avuto l'occasione di scrivere una serie di racconti che parlassero di varie storie mi è venuta in mente l'autostrada e proprio quando è ferma in una coda. Intanto perché quando ci pensavo *ero* fermo in una coda, stavo andando a San Marino, dove vivono i miei, ed era estate, per cui sarebbe stato strano non esserci, fermo in coda. E poi perché per uno scrittore questa rappresenta una meravigliosa prateria per andare a caccia di storie strane, misteriose, surreali o normalissime, ma tutte lì, chiuse in quelle scatolette ferme sotto il sole.

Ed è quello che ho fatto.

Adesso viaggio meno in autostrada.

Sarò diventato vecchio, o forse è perché vado più spesso a Roma e da Bologna il treno è molto più rapido e comodo, ma mi trovo altrettante volte seduto sulla poltroncina di un Eurostar sulla tratta appenninica che sul sedile della mia macchina sull'A14.

Anche lì, anche sul treno, ne succedono di cose.

E devo dire che anche col treno un sacco di volte mi trovo fermo, senza sapere perché, come se fossimo in coda.

Forse, dopo aver scritto un libro sull'autostrada, è arrivato il momento di scriverne uno sulle ferrovie.

AUTOSOLE
1° AGOSTO

Bravo azzurra. 180 km/h. Terza corsia. L'aria calda che entra dai finestrini aperti schiaccia i fogli del listino prezzi contro il lunotto posteriore ed è come avere due phon puntati contro le tempie. Lui guarda l'orologio e pensa *Marangoni subito, pausa pranzo dalla Luisa e dopo Longaretti, che tanto fa orario continuato.*

Poi pensa *no, il pomeriggio Longaretti chiude. Allora prima lui, poi Marangoni e salta la Luisa.*

Poi pensa *la Luisa.*

Schiaccia l'acceleratore, mentre prende il cellulare. «Longaretti? Mi spiace, un imprevisto...»

2CV azzurra e Mini Minor rossa. 140 km/h. Seconda e terza corsia, affiancate.

La radio della 2CV è fuori sintonia ed è solo un fruscio che raschia l'aria rovente a tempo di reggae. Anche lui si sente fuori sintonia ma poi la biondina nell'auto di sinistra solleva le ginocchia nude, aggancia le dita dei piedi al bordo del cruscotto e gli lancia un'occhiata che gli sembra un po' indecente. Lui pensa *dài, girati ancora*, poi lei si china a toccarsi un'unghietta laccata di rosso, scopre il tatuaggio sul bicipite del ragazzo che ha accanto (teschio + pugnale + scritta "Natural Born Killer") e lui rallenta di colpo.

Megane argentata, prima corsia. 100 km/h.

Loro sono di quelli che non sorpassano mai nessuno. Così deve aspettare che siano gli altri a passargli davanti al mirino. Allora spara e resta a guardare le auto che sbandano sul guardrail, falciando senza pietà quelli che escono con i vestiti in fiamme. Ha tutto il finestrino spruzzato di bollicine di saliva per fare la mitraglia con la lingua ed è lì che lo manda a sbattere con la fronte uno scapaccione della mamma. «E basta con questo rumore che ci stai facendo diventare scemi! Con questo caldo, poi!»

Punto bianca, adesivo "ACI? siamo amici!" un po' slabbrato sul bordo. A tavoletta, su tutte le corsie, da una all'altra.

Guida tenendo il volante in basso, in modo che il gomito gli resti premuto sul fianco. Approfitta dello spessore della pistola nella cintura per schiacciare ancora di più il fazzoletto insanguinato contro il buco rovente che ha dentro. Parla da solo, strizzando gli occhi per il sudore che gli scende sulla fronte.

Dice: «Quella guardia giurata, minchia, manco fosse stata sua la banca!».

Pullman, frigobar e tivù, stilizzate in decalcomania sulla vetrata posteriore. 90 km/h, prima corsia fissa.

Lui li odia i vecchi. Tanghi, mazurke e valzer nello stereo. Aria condizionata spenta perché fa un po' freschino. E quello là che arriva traballando tra i sedili, puntuale come la morte, dopo la batteria di pentole per cucinare senz'olio.

«Come va? Ma lo sa che quando c'era la guerra lo guidavo anch'io un bestione così?»

Scania bianco, sei assi più rimorchio, 120 km/h, seconda corsia fissa.

«Rambo? Qui Macho, mi copri? Dove hai detto che sta la Finanza?»

Mercedes 5000, terza corsia. In frenata.

L'avvocato alza la testa, trattenendo i fogli che gli scivolano dalle ginocchia.

«Che succede, Osvaldo, un incidente?»

Luci rosse e gialle, a intermittenza, che bruscamente rallentano, scivolano piano e si fermano.

L'autostrada diventa un serpente dalle scaglie fitte, che lentamente si allunga, si stende, abbagliante di riflessi, e attende, immobile, sotto al sole, respirando piano al ritmo roco dei motori accesi.

BRAVO AZZURRA
TERZA CORSIA

Luci rosse e gialle che frenano, rallentano e piano piano si fermano. L'autostrada diventa un serpente dalle scaglie fitte, che attende immobile sotto al sole rovente, respirando piano.

Lui mormora: «Ma porca» e fa rotolare la *erre* fra gli incisivi, perché aveva appena annullato due clienti per arrivare in tempo e già così ce la faceva al pelo.

Perché se non si fa vedere al solito tavolo in fondo a destra, la Luisa chiude il ristorante e torna a casa con il marito ed è un gran peccato.

Perché, ovviamente, non è lui il marito della Luisa.

Passo d'uomo: finché c'è movimento c'è speranza.

Le auto sfilano lungo i finestrini, sembrano tornare indietro e poi ripassano avanti, lentissime.

Destra: la fiancata azzurra di un pullman.

Sinistra: arriva un signore con i baffi, sigillato dall'aria condizionata, beato lui.

Destra: il pullman torna indietro e arrivano le ruote di un camion ad ansimargli nel finestrino un alito caldo di gomma.

Sinistra, destra. Passo d'uomo sull'asfalto che sembra in fiamme, galleria a trecento metri e, dopo un chilometro, il casello d'uscita e la Luisa. Finché c'è movimento c'è speranza.

Mano al telefonino sul cruscotto. Numero in memoria.

Segreteria telefonica del ristorante Piero e Luisa... riattacca. Piero, quando tirava di boxe, lo chiamavano il Carnera della Bassa e non è il caso di lasciargli un messaggio per la moglie. Già che c'è, controlla anche la propria, di segreteria. Marangoni che lo aspetta per i riordini, Longaretti che ha pronta la fattura, la Luisa: *è un pezzo che non ti si vede qui... cos'è, hai cambiato zona?* Eh no, no, Cristo, no... bisogna avvertirla.

Destra e sinistra, passo d'uomo. Altri cento metri verso la galleria. La camicia incollata alla pelle. Lampo di genio: Coloretti. Tutti i sabati Coloretti va a pranzo dalla Luisa. E Coloretti sa come stanno le cose: gliel'ha presentata lui, il giorno che gli ha lasciato il posto per andare in pensione. Il dito che scorre sui tasti, a cercare il numero in memoria, il cellulare che scivola sull'orecchio bagnato di sudore. Altri cento metri verso la galleria. A sinistra, una Mini Minor rossa con una biondina mezza nuda... *segreteria telefonica...* a destra, le gomme del camion che ringhiano, cavernose e assordanti... *dopo il segnale acustico, grazie.*

«Coloretti? Emergenza. Appena senti il messaggio digli alla Luisa che molli il cornutone e mi aspetti al solito posto, perché sto arrivando. Grazie.»

Passo d'uomo, ecco la galleria. Finché c'è movimento c'è speranza. Si volta e sta per sorridere alla biondina della Mini Minor quando l'occhio gli cade sul display del cellulare.

Posizione in memoria dell'ultimo numero chiamato: 12.

Coloretti ha l'11.

No! Ha chiamato di nuovo il ristorante! Coloretti... bisogna avvertire Coloretti, che faccia qualcosa! Il numero, presto...

Passo d'uomo. Spalancata e rovente, la galleria lo ingoia come una bocca gigantesca. Sul display del cellulare l'indicatore della copertura telefonica si azzera di colpo sotto quella cappa di monossido velata dalla luce gialla del neon.

Davanti, dietro, a destra e a sinistra, le luci gialle e rosse riprendono a lampeggiare e lentamente, senza speranza, il movimento si blocca.

PUNTO BIANCA ("ACI? SIAMO AMICI!")
TERZA CORSIA

Spalancata e rovente, la galleria li ingoia come una bocca gigantesca. Davanti, dietro, a destra e a sinistra, gli occhi gialli e rossi delle luci d'emergenza cominciano a lampeggiare e lentamente, paraurti contro paraurti, scivolando, il movimento si blocca.

Lui si attacca al volante come se dovesse cadere e spalanca la bocca perché fatica a respirare, ma non spegne il motore. Nessuno lo fa in quel tubo nero ingiallito dai neon, ansimante e roco come un vecchio fumatore. Nessuno spegne mai il motore quando è in coda in galleria, nonostante ci sia un cartello all'inizio che dice proprio così: "In caso di coda in galleria spegnere il motore". Perché sarebbe un po' come rinunciare alla speranza che il movimento riprenda, riconoscere che l'attesa sarà lunga, insomma, arrendersi.

E poi, lui non lo avrebbe fatto comunque. E proprio per quel cartello sull'imboccatura.

Le luci gialle e rosse brillano sfocate negli specchietti retrovisori e all'angolo degli occhi, velate dal sudore. Le mani scivolano sul volante bagnato. Il respiro rovente e acido dei motori scivola lento dentro ai finestrini aperti e lo stringe alla gola.

Se si trova lì, così, è proprio perché alle regole, lui, non c'è voluto stare mai. Le regole lo volevano perito elettrotecnico e disoccupato e gli assegnavano un posto fisso sul muretto della piazza, a fischiare alle ragazze mentre decideva se farsi prendere al cantiere in formazione lavoro o mettersi a disposizione di Don Tano. Ma lui no, lui alle regole non ci sta, mai. Non si arrende, lui. E il motore non lo spegne.

Qualche luce, davanti, occhieggia disperata poi svanisce. Qualche motore smette di ringhiare con un sospiro tronco. Nell'auto di fianco, un uomo ruota sul sedile con un cellulare in mano come se volesse arpionare la copertura con la punta dell'antenna. I loro sguardi si incrociano e l'uomo resta un attimo a fissarlo, un attimo solo. Lui alza la testa e si guarda nello specchietto. È pallido e il sudore che gli scende sulla fronte sembra opaco e duro, come se fosse ghiacciato.

Niente regole, mai. Niente percentuali fisse niente collaboratori, mai gli stessi orari o le stesse città. Catania-Bologna, Catania-Milano, Catania-Verona, come un pendolare. Aereo, passamontagna, pistola, soldi, aereo di nuovo e a casa, senza problemi, mai, perché le banche sono assicurate e le guardie lo sanno che rischiano la pelle e, di regola, non reagiscono.

Anche dietro, le luci che brillavano sulla vernice rifrangente dell'interno spariscono. Un camion spara un sospiro secco come una fucilata e si accascia, immobile, dopo un sussulto convulso. Lui abbassa gli occhi alla ferita che ha ripreso a sanguinare e sembra un buco nero che si sta inghiottendo tutto, la camicia fradicia di sangue, la pistola che teneva alla cintura, il gomito premuto sul fianco. Ma Cristo, ma proprio a lui doveva capitargli una guardia giurata che non ci voleva stare neppure lei, alle regole?

La mano gli scivola sul volante e batte sulla coscia con uno schiocco. È uno sforzo sollevarla ancora e arrivare fino alla chiavetta, ma ci riesce.

Spegne il motore e chiude gli occhi, mentre la galleria rovente piomba finalmente nel silenzio.

MEGANE METALLIZZATA
PRIMA CORSIA

Con un ultimo sospiro la galleria rovente piomba nel silenzio.

«Finalmente!» dice il babbo. «C'è anche scritto che si devono spegnere i motori!» E la mamma: «Cosa vogliono, farci morire tutti intossicati?».

A lui di morire intossicato non importa. Incastrato come un astronauta sul sedile di dietro, con i piedi sulla valigia delle scarpe e il fianco ghiacciato dal frigo da campeggio, punta la pistola di plastica nera sulla fila di auto ferme oltre al finestrino e si stringe nelle spalle. A lui non gli fanno niente gli scappamenti delle macchine perché tanto sa che sta per morire. Ancora un giorno, l'ultimo, e poi morirà. Rustichini Daniele gli ha fatto un colpo segreto che gli ha insegnato suo cugino di quinta e gli ha detto che è uno di quei colpi che dopo tre giorni muori. E domani è il terzo giorno.

C'è un'auto della polizia che si ferma sulla corsia

d'emergenza. Due poliziotti attraversano la galleria come un fiume congelato, strisciando tra i paraurti. Hanno lasciato il lampeggiante blu acceso e il babbo ha la faccia azzurra come uno spettro quando dice: «Vado a vedere cosa c'è, tieni qui il bambino». Ma lui, che in classe è il più piccolo di tutti, si infila la pistola di plastica nera nella cintura, sguscia veloce dietro al sedile e lo sportello e lo segue. Tanto, se domani deve morire.

I poliziotti sono attorno a una macchina bianca. Uno guarda dentro al finestrino e l'altro tiene lontani i curiosi. Il babbo chiede: «Cosa c'è?» e il poliziotto lo spinge indietro con la mano, come fa la mamma con lui quando si chiude in salotto a parlare col babbo. Allora lui scivola tra i paraurti, gira attorno alla macchina e si alza sulle punte, per guardare.

C'è un uomo, dentro, bianco bianco e con gli occhi chiusi. Ha una pistola come la sua nella cintura, identica, anche se quella è una pistola vera e sembra morto. Anche lui prova a chiudere gli occhi per vedere come si sta da morti ma li riapre subito appena sente che il poliziotto gli si è chinato davanti.

«Ti senti male?» Lui fa no, con la testa, no no.

«Ti sei perso?» No, no.

«Torna dai tuoi che magari ti cercano.» Si stringe nelle spalle, perché tanto.

E poi glielo dice. Quando è tornato a casa da scuola, bianco di terrore e con la mano stretta sul fianco colpito, non ha avuto il coraggio di raccontarlo a nessuno, ma a lui, forse perché è un poliziotto, forse perché si è chinato e ce l'ha alla sua altezza, a lui dice tutto, gli dice di Rustichini Daniele e del suo colpo che dopo tre giorni muori.

Il poliziotto fa una faccia strana, come se gli scappasse da ridere, ma resta serio. Dice: «Li conosco quei colpi. Però a noi ci insegnano anche a curarli, quando ce li fanno i banditi. Vuoi che ti guarisca?». Sì, sì, con la testa. Una mano sul fianco, «Tieni il fiato, adesso» una piccola spinta, «okay, sei a posto. Che delinquente, quel Rustichini Daniele, peccato che sia minorenne».

Il poliziotto si alza e il bambino è già sparito tra le macchine, così piccolo com'è. Sorride e pensando *Dio, che fantasia,* torna dal collega.

«Ma tu guarda che sfigato» dice il collega, «questo non solo scappa in autostrada e si infila in un ingorgo, ma fa la rapina con una pistola di plastica. Una pistola di plastica nera.»

Piccolo com'è, scivola rapido tra le auto che tossiscono per rimettersi in moto e salta sul sedile di dietro evitando a pelo un pattone del babbo che bestemmia. «E dài che si riparte!»

Incastrato come un astronauta tra la valigia delle scarpe e il frigo ghiacciato si sistema meglio la pistola che gli pesa fredda nella cintura e pensa a Rustichini Daniele.

Nella galleria il serpente di metallo ricomincia ad ansimare monossido, riaccende decine di occhi gialli e riprende lentamente a muoversi.

2CV AZZURRA
SECONDA CORSIA

La biondina nella Mini Minor di fianco si tocca l'unghia rossa dell'alluce con la punta di un dito, appoggia la guancia al ginocchio sollevato e mi guarda di nuovo. Cioè no, non mi guarda, mi fissa proprio.

Siamo in fila in autostrada da non so quanto tempo, prima a passo d'uomo sotto il sole, poi fermi in galleria e adesso, da quando questo serpentone di metallo ha ripreso lentamente a muoversi, di nuovo a passo d'uomo sotto il sole. Lei sta sulla terza corsia, alla mia sinistra, e ogni volta che le file si muovono ci sorpassiamo a vicenda, ma quando torniamo ad affiancarci lei si gira e mi guarda.

Mi fissa.

Uno sguardo strano, insistente. Così dritto su di me che sembra mi passi attraverso.

Uno sguardo indecente.

Anche il suo ragazzo mi ha guardato. Un attimo solo, per fortuna, appena un'occhiata di striscio,

29

quando si è chinato in avanti per metterle una mano pelosa da gorilla sul ginocchio nudo, scoprendo un tatuaggio sul bicipite che a me non basterebbe la schiena per tenercelo tutto. Ho fatto appena in tempo a leggere "Natural Born Killer" sotto un teschio con un pugnale tra i denti, poi lui ha rimesso la manaccia sul volante e lei è tornata a voltarsi verso di me.

A fissarmi.

Indecente.

Devo descriverlo quello sguardo. È uno sguardo torbido, un po' obliquo, denso. Lo fa scivolare tra le palpebre senza sorridere, senza ammiccare, senza fare nulla di quelle cose che si fanno quando si incrociano gli occhi degli altri. Te lo tira addosso, direttamente, come se tu non esistessi. È per questo che è uno sguardo indecente.

Perché mi guarda, mi chiedo.

Perché mi guarda così.

Le piaccio. Le piacciono i tipi come me, magrolini, intellettuali e un po' freak. E allora cosa ci fa con il gorilla?

Si è stancata.

Si è sbagliata. Credeva che il fisico fosse tutto e invece no. E allora eccolo qua un ragazzo sensibile a cui leggere il cuore dietro alla montatura leggera degli occhialini rotondi.

Rallento perché il gorilla si è girato di nuovo e se si accorge di noi due altro che leggermelo, il cuore, me lo strappa e me lo fa volare oltre il guardrail con un calcio. Però, subito dopo torno ad affiancarmi e lei è ancora lì, che mi guarda.

Indecente.

Ma perché proprio io e perché proprio adesso, qui, in fila, bolliti dai vapori dell'asfalto.

Perché è disperata. Perché non ce la fa più. Perché quel gorilla se la tiene stretta con la sua mano pelosa, mentre lei vorrebbe fuggire via, libera, lontana dal teschio col pugnale, lontana dai suoi bicipiti ottusi. E per farlo ha scelto proprio questo serpente di metallo rovente che striscia lento metro dopo metro.

Ha scelto me.

Forse, se le dico vieni, se le faccio anche solo un cenno con la testa, stacca i suoi piedi nudi dal cruscotto e sale su con me. Forse, se lo faccio, è il gorilla che me la stacca a me, la testa.

Forse.

Forse.

Non rallento, scivolo un po' in avanti per stare al passo e le faccio un cenno. Lei continua a fissarmi, senza nessuna reazione. Allora metto la testa fuori dal finestrino, mi schiarisco la voce e dico: «Senti» e lei risponde: «Sì?» ma intanto fa una cosa strana.

Piega il mento sull'altra spalla e mi porge l'orecchio.

«Sì?» ripete, con lo stesso sguardo dritto e insistente fisso sull'angolo del cruscotto.

Non mi ero accorto degli occhiali, spessi e neri, che teneva in mano. Non l'avevo proprio visto il bastoncino bianco.

«Sì?» dice il gorilla e mi guarda, lui, davvero, mentre il teschio gli guizza un po' feroce sul bicipite.

Io chiedo se sanno quanto manca al casello, dico: «Okay, scusa, ciao» e rallento, mentre lui le stringe il ginocchio, protettivo, con la sua manaccia da gorilla e lei, leggera e dolce, gliela accarezza.

MINI MINOR ROSSA
TERZA CORSIA

Aveva solo un problema: la voce gentile.

E non è un problema da poco quando sei due metri e dieci di steroidi sotto vuoto e hai la circonferenza toracica di un toro brahma. Cinquantuno di bicipiti e un collo come il tronco di una sequoia. Deltoidi spessi come prosciutti. Due mascelle da stritolarci le noci di cocco.

E la voce gentile.

Più che gentile, carina. Leziosa come lo svolazzo della firma di una tredicenne innamorata. Sottile come il frullo delle ali di un colibrì. Uno zeffiro. Un flauto. Un fatto genetico, sicuramente, perché suo fratello aveva la silhouette di un grillo, la circonferenza toracica di un palo della luce e una voce da orco.

Con un aspetto come il suo poteva fare una cosa sola: paura. Come a quel tipetto che dall'auto di fianco gli aveva chiesto quanto mancava al casello, okay, sì, scusa, ciao. Era bastato guardarlo e lui aveva subi to rallentato, inghiottito da quella coda eterna che intasava l'autostrada, bloccata a passo d'uomo sotto un sole che avresti potuto friggere due uova scocciandole direttamente sul cofano.

Se avesse saputo che invece era totalmente privo di qualunque istinto violento. Di qualsiasi pulsione distruttiva. Di ogni forma di rabbia. L'unica volta che si era alterato in tutta la sua vita, l'unica volta (aveva diciotto anni, gli avevano messo il guttalax nella torta di compleanno che gli era esploso dentro proprio mentre era riuscito ad attaccare discorso con la tipa per cui era morto per quattro anni senza trovare mai il coraggio fino a quel momento lì perché la scuola era finita quindi ora o mai più) l'unica volta che aveva sentito il sangue montargli alla testa e i pugni stringersi fino a diventare bianchi, quell'unica volta era svenuto.

Il problema, però, non era quello. Non aveva mai avuto il bisogno di alzare un dito nonostante facesse l'unico mestiere che gli era concesso: il buttafuori. Gli bastava flettere i bicipiti: la scritta "Natural Born Killer" che aveva tatuata sul braccio diventava grande come il cartellone di un cinema e anche il più isterico, allucinato, schizzato, violento, sanguinario skinhead diventava immediatamente un hare krishna.

Il problema restava la voce, quella voce gentile che odiava. Cercava di nasconderla dietro un ringhio incallito da fumatore e lei tornava fuori. La spingeva in basso, la cacciava giù, fino in fondo e lei tornava a galla con un tono frizzante e falso, a metà tra Linda Blair nell'Esorcista e Tognazzi che fa il travestito.

Con le ragazze, nonostante il fisico, niente. Perché a parte che era timido come il coniglietto di Bambi, appena cercava di dire qualcosa lo mollavano.

Tranne lei.

Concerto degli U2, servizio d'ordine, proprio sotto la cassa. Lei gli chiede una cosa e lui strilla. Lei dice: «Che bella voce» e lui risponde: «Vai a farti dar» lei capisce solo *vai,* perché la musica è troppo alta, si toglie gli occhiali e dice: «Non posso, sono cieca».

Da quel momento la sua vita cambia. Se gli altri lo guardavano prima di ascoltarlo, lei lo ascolta e basta, perché non può guardarlo. Si mettono assieme dopo qualche settimana, a un concerto dei R.E.M. Perché lui è sempre timido e non avrebbe neppure il coraggio di sfiorarla, ma sono sotto un'altra cassa, lei è stanca e dice: «Andiamo» lui capisce *ti amo,* dice: «Anch'io, tanto» e la prende tra le braccia.

Ora stacca la mano dal volante della Mini Minor rossa, l'asciuga sulla stoffa del sedile e, delicatamente, le sfiora un ginocchio, flettendo involontariamente il bicipite. Per un momento sembra che sia il teschio col pugnale ad aprire la bocca.

«Sei la mia carotina» le dice, con la sua voce gentile e lei: «E tu il mio coniglietto».

SCANIA BIANCO
SECONDA CORSIA

«Rambo? Qui El Diablo, mi copri? Vieni avanti, Rambo...»

Sul portellone posteriore del TIR, la decalcomania del tipo che mostra il medio e dice: "Tiè, sono italiano!" e più sotto la scritta a lettere mezze scollate del nome in codice per la radio cb: MACHO. Sui finestrini laterali della cabina i poster di Moana Pozzi e Selen a grandezza naturale. Sul cruscotto, dietro una cornice di luci bianche, rosse e verdi che la inquadra sul vetro del parabrezza, una statua bianca e illuminata della Madonna col cuore trafitto.

«El Diablo? Sono Rambo... sono in coda a un chilometro dall'autogrill, ho dietro il camion di Macho e anche a vederlo da qui mi sembra ancora incavolato nero...»

In cabina, aria condizionata a raffica e coprisedili come il perlinato di una pizzeria. Diciassette gradi ideali, come in inverno, ma lui sta lo stesso in ciabatte, calzoncini corti e canottiera cagi cannettata ragno, per abitudine e perché comunque è così che starebbe anche d'inverno. Cicca all'angolo della bocca, brace a pelo del filtro e cenere sui peli del petto. Un braccio cotto dal sole e l'altro bianco, uno che sta fuori dal finestrino e l'altro dentro. Tutte le traspirazioni possibili tra Barletta-Amsterdam/Amsterdam-Barletta, praticamente senza scalo.

«Senti, El Diablo... fossi in te tirerei dritto all'autogrill. Ti ricordi cosa ha fatto Macho a quel tipo che lo guardava nei cessi? E tu proprio a lui gli vai a fare uno scherzo così?»

Nel pozzetto accanto al cambio, arrotolati sotto le bolle di accompagnamento, "Supersex", "Le Ore", "Lando" e "Il Tromba". Stipate nelle tasche laterali, cassette di Fausto Papetti con le tette in copertina. Sotto al sedile, a rotolare avanti e indietro ogni volta che il camion sbuffa, potente, e morde un altro metro all'autostrada, un sandalo d'argento, con allacciatura alla schiava e zeppa anni '70.

«E che gli ho fatto? Gli ho dato una dritta per una sveltina... sono anni che entra in Tangenziale sempre da lì, credevo che lo sapesse che la Luana è un travestito! Ci sono rimasto male anch'io quando ho visto che si fermava davvero. Mi sa che appena mi prende mi ammazza...»

Sulla cuccetta dietro al posto di guida un movimento e un sospiro languido, da risveglio. Lui spegne l'audio del cb, che smette di gracchiare, poi alza una mano e le sfiora una guancia.

Pensa all'autogrill, pochi metri più avanti, al furgoncino che aspetta col portello già aperto, pronto a far sparire le solite casse fuori bolla.

Pensa che ancora un paio di viaggi e potrà finire di pagargli l'elettrocoagulazione, alla Luana, così non sentirà più sotto alle dita quel frusciare ruvido di barba.

AUTOGRILL (1)

Ha la faccia di un uomo talmente fortunato che non ha bisogno di sognare. Per questo quando la zingara dalle ciabatte dorate gli dice che tiene un malocchio che solo lei gli può levare, l'avvocato sorride, amabile, ed entra nella toilette esterna dell'autogrill. E ha sempre quel sorriso, quel sorriso bello, perfettamente intonato al vestito intero nonostante il caldo, alla cravatta con lo stemma nonostante l'afa, ai capelli che tengono la piega nonostante il sudore. Sorride quando si tira su la cerniera dei calzoni e la fotocellula dell'impianto igienico fa scorrere l'acqua nel vespasiano proprio in quell'istante perfetto. E continua a sorridere anche quando si volta e li vede.

Loro sono in due e hanno l'aria di essere tipi che neanche se li immaginano cosa sono i sogni. Il primo ha una maglietta a righe e un occhio più chiaro, quasi bianco. L'altro ha un dente rotto e un coltello in mano. Fermi tra lui e l'uscita della toilette, deserta nono-

41

stante la coda che ha intasato l'autostrada riempiendo l'autogrill di gente. Ma quella è la toilette più lontana e più nascosta e per un momento, un momento solo, lui pensa che forse la zingara aveva ragione a parlare di malocchio. Ma è solo un momento, che non gli appanna neppure il sorriso.

Dice: «Ragioniamo. Una rapina a mano armata non è un investimento da poco, in termini di rischio e, se vogliamo, anche di costi. Cosa vi fa pensare che ne valga la pena?». Dente Rotto dice: «Non ti preoccupare» mentre Maglietta indica la Mercedes 5000 parcheggiata fuori all'ombra, dietro alle loro spalle.

Dice: «Ragioniamo. La Mercedes fa capire che sono un uomo molto ricco, lo ammetto. Però avrete certamente notato la coda che ha trasformato questo piccolo autogrill in un'isoletta in un mare di macchine compatto come un muro di lamiera. Posso chiedervi come avete intenzione di fuggire dopo aver compiuto la rapina?». Dente Rotto dice: «Non ti preoccupare» mentre Maglietta indica l'ingresso di servizio dell'autogrill, chiuso solo da una sbarra bianca.

Dice: «Ragioniamo. Poniamo il caso che mi metta a gridare al ladro al ladro». Dente Rotto non dice nulla, sorride, mentre Maglietta si passa veloce un dito sulla gola.

Dice: «Allora, ragioniamo. Adesso abbiamo tutti gli elementi per una corretta valutazione, tranne uno. La mia guardia del corpo. Sta appoggiata alla Mercedes col suo culone da gorilla». Dente Rotto non si volta, ma Maglietta sì e quando lo tocca si gira anche Dente Rotto.

C'è davvero il gorilla e si stringe le braccia con le mani aperte sui bicipiti enormi. Su uno ha tatuato un teschio con la scritta "Natural Born Killer".

Dice: «È stato un piacere, teniamoci in contatto» e aspetta che siano scappati prima di uscire. Allora, tempestivo e perfetto come l'acqua del vespasiano, Osvaldo gira dietro l'angolo dell'autogrill con il ghiacciolo alla menta che gli era andato a comprare e anche se è piccolino e magrolino l'autista dell'avvocato lancia al gorilla un'occhiata seccata e quello dice scusi, stacca il culone dalla Mercedes all'ombra e torna alla sua Mini Minor parcheggiata al sole.

Dice: «Grazie, Osvaldo, regoliamo dopo» perché nonostante vestito, Mercedes e sorriso, in tasca non ha neppure i soldi per il ghiacciolo, ma non si preoccupa, tanto è bravissimo a spendere quello che non ha.

Basta solo che la coda si sblocchi e riesca ad arrivare all'aeroporto prima della Guardia di Finanza.

AUTOGRILL (2)

«Dieci euro, senza piombo.»

E quelli si voltano. Girano la testa e per un attimo incrocio il loro sguardo mentre sto porgendo le chiavi del serbatoio al ragazzo della pompa. Uno sguardo indifferente, che mi scivola addosso rapido, senza fermarsi ma che, ci giurerei, è scattato proprio quando ho detto *dieci euro*.

Fotografo la scena.

Affiancati alla pompa di benzina dell'autogrill, in attesa di inserirci di nuovo nella coda pazzesca che sta strangolando l'autostrada.

A destra: loro.

La macchina: BMW decapottabile rossa, così decapottata da sembrare nuda. Tecno pulsante in uno stereo da megaconcerto al palatenda. Sotto al parabrezza, un pass per parcheggiare nel privé di un posto troooppo trendy.

Loro: abbronzato, torsodenudato, gelriccioluto e biondobruciato quello al volante; abbronzato, torsodenudato, gelriccioluto e nerocorvino quello di fianco, che gli passa il telefonino e dice: «Aspetta un momento, c'è la Titti che vuole salutarti».

A sinistra: noi.

La macchina: una Panda un po' vecchiotta, decapottata come si può, che più che nuda sembra in canottiera. Nello stereo, cassetta taroccata di Sanremo. Sotto al parabrezza il permesso di parcheggiare in centro, zona B.

Noi: stempiato, sovrappesato e barbairritato io che sto al volante; biancomalato, magringobbito e capellimpazzito il mio amico Tonino che mi sta a fianco, mi fa vedere un gratta e vinci e dice: «Blocca tutto, ne ho vinto un altro».

E mentre tiro fuori le dieci carte per passarle al benzinaio e il biondo fa sventolare un paio di cinquanta tra le dita, io mi vergogno, mi vergogno della mia Panda col minimo sfasato, del mio pieno da dieci euro, dei gratta e vinci accartocciati sul cruscotto (sette, nove e una figura: ventisei, niente), mi vergogno del mio amico Tonino e della nostra prenotazione alla pensione Sayonara, sette giorni, tutto compreso, extra le birrette che ci faremo sul lungomare puntando le ragazze che non avremo il coraggio di abbordare.

E poi mi vergogno di essermi vergognato della Panda, di Tonino e delle birrette.

E poi mi vergogno non so neanch'io di cosa, né perché.

Il ragazzo della pompa si appoggia alla nostra macchina e ci chiede se abbiamo una sigaretta. Non si potrebbe, ma quello è l'ultimo giorno perché l'hanno licenziato e allora chi se ne frega, anzi. Vacanza, pensione Sayonara anche lui. E mentre lo dice, ha ancora in mano la pompa che ha tolto dal serbatoio catalizzato ecologico bleifrei della BMW ed è una pompa di gasolio.

Sto per dirgli che ha sbagliato, che cristo, gli ha fatto il pieno sbagliato, ma lui sorride, proprio quando la BMW taglia la strada a una giardinetta, si infila nella coda con un rombo arrogante e poi si inchioda, con un singhiozzo così lungo, strozzato e modulato che sembra una scorreggia.

AUTOGRILL (3)

Lui, i vecchi, li odia. Si perdono, si incasinano, si fanno male, bisogna stargli dietro, contarli, accudirli, come i bambini. Forse peggio. E comunque, lui odia anche i bambini.

Nell'autogrill c'è l'aria condizionata, ma è così pieno che non la si sente. Con l'autostrada intasata peggio delle arterie di un ottantenne, hanno pensato tutti di fermarsi lì in attesa che la coda si sblocchi e adesso la cassa, la macchina del caffè, la spina delle coche, il banco dei camogli e il rullo dei gratta e vinci sono presi d'assedio da un'orda armata di scontrino.

I suoi vecchi, invece, se li è ingoiati quasi tutti la toilette, perché, problemi di vescica a parte, quando campi con la minima non è che ci puoi andare tanto più in là dei venticinque euro, tutto compreso e colazione al sacco. Meglio così, almeno non rischia che qualcuno gli resti secco per una crisi di diabete.

Quando aveva cominciato a fare l'autista di pullman

per le gite sociali, parrocchiali e scolastiche mica se lo immaginava tutto quello stress. Mazurke e tanghi dallo stereo e *Queel maaazzolin di fiooori,* in coro, oppure Take That e *Lungaaa e dirittaaa correeva la straaada* o Nek e *Laùdaato siiii o mio signooore,* a seconda dei casi. Vecchi e ragazzi, ma soprattutto i vecchi. Contarli tutti prima di ripartire e ce ne è sempre uno che ti corre dietro perché è rimasto fuori. Quelli che chiacchierano con l'autista perché non si senta solo. Quelli che *accosti per favore* e *si può spegnere l'aria condizionata* e *ci fermiamo un momentino* e *deve proprio correre così vada più piano* e *siamo in ritardo col programma vada più forte* ed *è sicuro che si passa di qua?* E tutte le volte, un casino nuovo.

Infatti, all'uscita dell'autogrill suona l'antifurto e chi è stato? Uno dei suoi vecchi. Pallido, curvo, terrorizzato, tira fuori dalla tasca un salamino e lo porge restando oltre la barriera magnetica come se avesse paura di essere bastonato. La cassiera dice che *la direzione, i carabinieri, le norme, bisogna assolutamente informare, prego mi segua...* ma il vecchio sembra sul punto di mettersi a piangere e non vuole tornare dentro.

Se non fosse perché è in ritardo con il pullman e perché sarebbe una bega che non finisce più, se non fosse che proprio adesso la coda si è sbloccata e tutti corrono alle macchine, se fosse soltanto per lui, lo lascerebbe lì. Ma non può, così gli ci vogliono dieci minuti buoni per convincere la cassiera e otto euro e novanta per il salamino. I vecchi, peggio dei bambini.

Fuori, lo prende per un braccio, proprio come un bambino cattivo. Non lo sa che tutti gli articoli sono magnetizzati e che non si può portare fuori niente senza che suoni l'antifurto?

Il vecchio lo guarda e con un gesto deciso libera il braccio.

Certo che lo sa. Per questo si fa beccare con un salamino vicino a un autista. Perché l'autista convince la cassiera, lei si accontenta del salamino e lui può tenersi tutto il resto. Basta non tornare dentro e stare fuori tiro della barriera magnetica.

Apre la giacca e gli mostra tutto il resto. TUTTO IL RESTO.

«Ragazzo» gli dice, «quando campi con la minima, se non ti arrangi un po' non è che ci puoi andare tanto più in là della toilette.»

FIAT BARCHETTA
PRIMA CORSIA

Se l'Inferno esiste, è senz'altro così. Non per il calore, non per questo sole di fuoco che incendia il cielo e sembra faccia piovere fiamme su queste auto in fila come dannati diretti al supplizio, a me piace il sole, ho comprato un'auto decapottabile apposta.

Ma per l'acqua.

Perché la cisterna che mi sta davanti e si muove come tutti su questa autostrada al ritmo di un metro ogni mezz'ora, perde un rivolo d'acqua sibilante e cristallino e nell'auto che ho a fianco un'intera famiglia di tedeschi, padre, madre, figlio e nonna cotonata, sta svuotando a garganella una bottiglia da due litri di Levissima e, come se non bastasse, nel campo che si apre oltre il guardrail alla mia sinistra è appena partito l'impianto di irrigazione a pioggia più grande che si sia mai visto al di qua e al di là dell'oceano.

E questo, quando è almeno un'ora che hai la vescica tesa allo spasmo dal bisogno di pisciare, questo per me è l'Inferno.

Ho cercato due volte di accostare alla corsia d'emergenza ma per tutte e due le volte in quel preciso istante è passata un'ambulanza a tutta velocità e non mi arrischio a farlo più. Così resto nella mia corsia, con i denti stretti e le mani serrate attorno al volante e sudo freddo nonostante il calore, straziato dal *pssss* della cisterna e dal *glu glu glu* della bottiglia e dal *sssss* dell'impianto. Mi sento la vescica gonfia come un tamburo e non so più cosa fare.

Per un momento penso di prendere la lattina maxi di coca che ho sul cruscotto, berla, *berla? cazzo, no!* no, non berla, vuotarla sulla strada e liberarmi lì dentro, ma accidenti a me, sono prigioniero di una Fiat Barchetta, *barchetta? o Cristo!*, una Barchetta scoperta e nuda e sopra di me c'è un intero pullman di giapponesi che mi guarda.

Provo a tirarmi addosso la giacca dal sedile di fianco, per coprire il movimento, ma nell'auto dei tedeschi una vecchia cotonata in azzurro mette una mano sugli occhi del bambino e mi fulmina con lo sguardo, facendomi sentire sospetto come un uomo col giornale in un cinema porno. E allora mi blocco, crocefisso al mio sedile di dolore, mentre un pensiero mi attraversa veloce la mente.

Si può morire così? Si può tenerla così tanto da scoppiare e sparire in un'onda giallastra e spumeggiante? Si può morire di pipì?

In quel momento, un'esplosione secca come quella di un palloncino forato dalla punta di uno spillo mi fa saltare sul sedile. Una sensazione umida e bollente mi invade con violenza, mentre la mia vita mi passa davanti agli occhi in un istante: mia nonna che mi cambia i pannolini, la cerata sotto al lenzuolo per non bagnare il materasso, io che vado all'asilo con le mutande di riserva nel cestino. *Addio,* penso, *addio.* Mi ero sempre chiesto se in punto di morte avrei avuto sulle labbra il nome di mia madre o quello della fidanzata. Ora che sto morendo per un'esplosione urogenitale mi è venuto in mente Alberto Lupo, non so perché.

Il tedesco che bestemmia e il rumore del cerchione della sua ruota che striscia sull'asfalto mi fanno capire che me la sono semplicemente fatta addosso. Il tedesco mette la freccia e accosta di forza, tagliandomi la strada. Non ci sono ambulanze in vista e potrei seguirlo, ma ormai non ne ho più bisogno.

Me ne resto in coda, bagnato e avvilito ancora una volta e intanto penso *Alberto Lupo? Ma che cazzo.*

MEGANE METALLIZZATA
PRIMA CORSIA

Il bambino ha solo dieci anni, ma la pistola che tiene in mano è una pistola vera.

C'è stato un incidente strano dentro una galleria, qualche chilometro prima, con la polizia e un uomo morto dentro una macchina. Loro, lui, suo padre e sua madre, ci sono rimasti fermi accanto, bloccati da quella coda che li fa arrancare a singhiozzo sull'autostrada e lui, piccolo com'è, ne ha approfittato per sgusciare fuori dalla macchina e cambiare la sua pistola di plastica con questa, che è più bella e sembra più vera. Però è pesante e per tenerla su deve stringerla con tutte e due le mani e appoggiarla con la canna sulla gommina dello sportello, senza farla battere contro il vetro, se no suo padre si arrabbia.

Appiattito sul sedile, le gambe piegate all'indietro e le caviglie incrociate assieme, stringe un occhio e punta le auto che gli sfilano accanto, perché lui è l'ultimo Guardiano della Terra ed è l'unico in grado di riconoscere gli agenti segreti del Pianeta Gundam. E sparargli.

Nella fila di auto che passa davanti alla sua pistola c'è un signore con il telefonino, una ragazza bionda che lo guarda come se non lo vedesse, un ragazzo con gli occhialini tondi. Poi passa un altro bambino. In ginocchio sul sedile di dietro di un'auto gialla, con le mani appoggiate al vetro del finestrino chiuso.

È un bambino come lui, ma è diverso. Ha la faccia rotonda e gli occhi più grandi, obliqui come quelli di un cinese. La bocca aperta e un filo di bava all'angolo delle labbra. Batte le mani contro il vetro e ogni tanto si blocca a fissare qualcosa, sempre con quella bocca spalancata e quegli occhi sgranati.

È diverso, quel bambino. È diverso e quindi è un nemico.

Stacca la pistola dalla gomma del finestrino e la stringe tra le ginocchia perché è dura da caricare più dura della vecchia Fury di suo fratello grande. Tira con tutte e due le mani finché non riesce a far scorrere il carrello, come ha visto che fanno nei film per mettere il colpo in canna. Allora riappoggia la pistola alla gommina, chiude un occhio, mira il bambino di Gundam e appoggia il dito sul grilletto.

Dal sedile davanti, la voce di sua madre: «Però che sfortuna quella famiglia, pensa un bambino down come quello lì». E suo padre, al volante: «Perché noi non ce l'abbiamo un bambino scemo? Ha dieci anni e si fa ancora la pipì addosso».

Toglie il dito dal grilletto e solleva la canna della pistola. Il bambino continua a guardarlo, poi smette di battere le mani contro il vetro e ne agita una, come per salutarlo. Ricambia, perché in fondo è un bambino anche quello, anche se di Gundam.

Poi guarda il babbo al volante, le spalle che sporgono oltre il sedile, la nuca e il suo volto girato verso la mamma. Il babbo dice: «Se facevamo la strada normale a quest'ora» e la mamma dice: «Vuoi sempre aver ragione te».

Allora lui appoggia la pistola sulle ginocchia e li guarda.

NISSAN PATHFINDER BLU
TERZA CORSIA

Si tocca la pancia, istintivamente, come sempre quando parla di mangiare. Sua moglie nel ragù ci mette tutti gli odori e invece quella di Farinelli no. «E la salsiccia?» Farinelli scuote la testa: «Niente salsiccia, dottore, magro e poca cipolla». Albertini alza una mano a mezz'aria, come per scusarsi. «Sono scapolo e pugliese: se volete vi dico le orecchiette con le cime di rapa.»

Se non fosse per il guardrail che brilla oltre il finestrino di sinistra e per il camion che ansima oltre quello di destra, non sembrerebbe neppure di essere in coda sull'autostrada, sotto il sole. L'aria condizionata è fresca e discreta, lui siede nel sedile a tre posti, con Farinelli davanti in quello singolo, Albertini sta al volante e sembra davvero di essere in salotto, a parlare tra amici. «Ma sa, Farinelli, che dovrei darle retta? Senza salsiccia fa meno male e io devo cominciare a starci attento. Lo sa che divento nonno per la seconda volta?» «Ma non mi dica, dottore, la piccola?» «Eh, Farinelli, non è mica più tanto piccola, il tempo passa e noi diventiamo vecchi. Senta me, Albertini, resti scapolo, non si sposi.» «E invece ci casco anch'io, dottore, a fine settembre.» «Bravo Albertini; è innamorato?» «Da morire, dottore.» «E allora fa bene. Si sposi e faccia dei figli. Non se l'immagina neanche che gioia danno i bambini.»

Albertini sorride, poi si apre la giacca, perché se dentro l'aria condizionata è discreta, fuori il sole picchia e lui comincia a sudare. Si sfila la pistola dalla fondina alla cintura e l'appoggia sul sedile di fianco, sotto al giornale aperto. «Il mio problema sono i trigliceridi» dice Farinelli, «mi sono messo a dieta ma non riesco a starci, soprattutto d'estate perché i miei due compiono gli anni in agosto e mia moglie è di luglio e con tutte quelle torte.» «Le dirò, Farinelli, io sono più per il salato.»

Si parla di mangiare e il dottore si tocca la pancia. «Dica un po', Farinelli, quelle armi là?» «Tutto a posto, dottore, ma il boss della Sacra Corona non ci fa più usare i suoi motoscafi per la traversata se non gli copriamo il traffico di droga sulla Riviera.» «Il boss si allarga, Farinelli, quella è zona della Camorra e a noi la Camorra ci serve per riciclare i fondi neri. Digli che se continua a fare lo stronzo, finisce che ci troviamo un altro appoggio oltremare, tanto là una banda vale l'altra, basta che assicurino il passaggio alle armi e all'eroina, paghino la tangente sui clandestini e non ci sparino sui soldati. Anzi, Farinelli, digli al boss che il prossimo viaggio ce lo fa con lo sconto e per sovrapprezzo ci toglie di mezzo anche quella giornalista che rompe i coglioni. Che la faccia saltare con la macchina.»

Farinelli si tocca la fronte, con uno schiocco che fa voltare anche Albertini. «Uh Madonna!» «Che c'è?» «La macchina, dottore... mi ha fatto venire in mente che dovevo comprare una macchinina per il più piccolo, che compie gli anni domani.» «Davvero? Quanti ne fa?» «Sette.» «Che amore... vabbè, Farinelli ci fermiamo al prossimo autogrill. Se ci arriviamo, con questa coda. Me lo ricordi lei, Albertini; la prossima volta ci facciamo dare un elicottero dal Ministero.»

PULLMAN (FRIGOBAR E TIVÙ)
PRIMA CORSIA

Alza gli occhi allo specchio retrovisore e lo vede arrivare lungo il corridoio. Le braccia aperte ad aggrapparsi alla doppia fila degli schienali, si avvicina lentamente sulle gambe tremanti, come un vecchio fantasma seguito da un coro di colpi di tosse, mentre lui lo guarda, stringe il volante e con un sorriso trattenuto si prepara a dirgli di no, a dire di no anche a questo.

«Lo so che non si deve parlare all'autista, ma li ho guidati anch'io questi bestioni, quando ero militare e lo so che ci vuole ben altro per distrarci. Sa dove li guidavo questi qui? In Africa, Maktila-Sidi El Barrani, Sidi El Barrani-Maktila e non c'erano mica queste strade qui, sa? Tutto deserto. Scorpioni grossi come ciabatte e un caldo che non facevi neanche in tempo a sudare. Ho mangiato tanta di quella polvere che quando andavo a cagare sembravo una macchina per sabbiare i soffitti.»

Alza gli occhi allo specchio. Adesso glielo chiede,

così lui gli dice di no e lo rimanda a farsi inghiottire dal pullman, come gli altri vecchi.

«Avrò avuto vent'anni, più o meno come lei, mi sa. Comunque, dopo l'Africa viene la Russia e lì non si guida, perché i pullman non ci sono, però si marcia. Un freddo, ragazzo mio, un freddo... così freddo che quando pisciavi sembrava di fare cavallini di vetro di Murano. Popovka-Bagnacavallo, tutto a piedi.»

Ora lo chiede. Ora lo chiede, il vecchiaccio.

«In Italia arrivo giusto per l'otto settembre. I tedeschi cercano gente da mandare in Germania e io sto un mese intero chiuso in un armadio per non farmi prendere. Non si respirava in quell'armadio. L'aria era così densa che non aprivo la bocca per tirare il fiato per paura che mi ci finisse dentro la manica di un pigiama. Poi sono arrivati i fascisti e ho sentito cosa facevano alla gente del piano di sotto e allora ho detto, no, Dio bono, adesso basta e sono andato in montagna anch'io. Non sto a fartela lunga: è là che mi hanno preso e mi hanno mandato a Mauthausen e fortuna che la guerra è finita entro l'anno, se no a quest'ora non c'ero più.»

Colpi di tosse dal fondo del pullman. Secchi come rami che si spezzano.

«Dopo c'è stata tutta l'acqua che ho preso ai comizi di Togliatti, tutto il lacrimogeno che mi ha fatto respirare la celere di Scelba, il fumo della Casa del Popolo bruciata dai fascisti di Almirante e ci metto anche l'anno scorso, quando per l'anniversario di Monte Battaglia volevano spostarci dalla piazza per metterci la banda degli americani e non ce ne è stato uno di noi della Trentaseiesima Brigata Garibaldi che si sia mosso nonostante il sole a picco.

«Adesso ho settantasette anni e sono stanco di star male.

«Per cui, te lo chiediamo per l'ultima volta, ragazzo.

«Spegni quel cavolo di aria condizionata.»

Alza gli occhi allo specchio retrovisore e vede quelli del vecchio, fissi dentro ai suoi. Fissi.

Allora toglie una mano dal volante, allunga il braccio e stacca il condizionatore.

TWINGO
CORSIA D'EMERGENZA

Freccia destra. Accosto.

Lui mi guarda, la lingua che gli penzola tra i denti e quei baffi rossicci tutti incordellati. Una goccia di saliva pesante come un chicco di grandine gli scende dal naso bagnato e regolare come un rubinetto che perde mi si schianta a chiazza sulla sottana. È da un pezzo che non ci faccio più caso, come non faccio più caso al suo respiro bollente che mi arroventa una guancia e a questo suo odore di paglia umida che mi ristagna nella macchina, tra i finestrini sigillati dall'aria condizionata. Fuori, il sole batte a picco sull'autostrada bloccata da una coda che lascia libera solo la corsia d'emergenza.

Spengo il motore. Metto le quattro frecce.

L'ho odiato fin dal primo momento che l'ho visto. Quando è sceso dalla macchina e ha alzato la testa verso di me che lo guardavo dalla finestra del mio ap-

partamento, ho capito subito che non l'avrei sopportato. Così incolto, trasandato, così cialtrone. Sporco.
Pigro. Così diverso da me.

Ingrano la prima, perché l'autostrada in questo
punto va in discesa. Apro lo sportello. Il primo litigio
lo abbiamo avuto appena abbiamo cominciato a pia-
nificare le vacanze. Io non lo volevo. Lui sì. Non nella
mia macchina nuova, nel mio villaggio turistico, nella
mia vita. Lui: o così o niente. Abbiamo continuato a
litigare per tutto il viaggio, sempre di più. Finché al
primo autogrill lui se ne è andato. Ha chiamato i suoi
amici perché lo venissero a prendere e mi ha mollato,
dopo tre anni che stavamo assieme. Il bastardo.

Richiudo lo sportello, in fretta, per non farlo uscire
da questa parte.

Quello che proprio mi ha fatto impazzire è che mi
abbia lasciato il cane. Dopo che gli avevo detto che
non lo sopportavo, quello spinone imbastardito, che
non lo volevo in vacanza con me, che non mi piaceva
così sporco, cialtrone e trasandato, lui mi ha mollato
lasciandomi il cane.

E allora io mi vendico su di lui, sul cane. Gli faccio
quello che il suo padrone ha fatto a me. E lo mollo
qui, sull'autostrada.

Giro attorno alla macchina per aprire lo sportello
senza essere vista. Basterà aspettare un buco nella coda e via, lui resta lì e io me ne vado.

Ma appena metto la mano sulla maniglia, quel cane
maledetto salta contro il vetro, come fa tutte le volte
che mi vede, appoggia la sua zampona rossiccia sulla
sicura dello sportello e blocca la chiusura centralizza-
ta. Poi si siede, incastra il suo culone tra il sedile e il
cambio e toglie la marcia.

L'auto parte veloce, spezzandomi un'unghia quando cerco di fermarla. Scivola lungo la discesa e si schianta contro un'auto della polizia ferma sulla corsia d'emergenza. Io arrivo proprio quando i due poliziotti escono dall'auto tamponata, mi guardano storditi e dicono: «Signora, ma che fa, è impazzita?» e io penso che sarà impossibile, ma davvero tanto impossibile spiegargli che al volante c'era un cane.

Perché lui, intanto, è uscito fuori dal parabrezza scoppiato, senza essere visto, è saltato oltre il guardrail e mi guarda come se sorridesse, il bastardo.

CONVERTITO (NON OMOLOGATO)
PRIMA CORSIA

Gledes dorme.

La testa piegata all'indietro sul bordo imbottito del sedile di mezzo, dorme e sogna. Il caldo di questo lunedì d'agosto l'ha cotta rapidamente, a fuoco alto, trasformando il pulmino blu elettrico convertito e non ancora omologato in una pentola a pressione con le ruote. Anche le frenate e le riprese a passo d'uomo di quella coda infinita la stanno cullando perché Primo ha la guida dolce e l'autostrada è talmente intasata che quasi non ci si muove, se non al ritmo lento di un respiro.

Gledes dorme.

Sul fondo del pulmino, nel bagagliaio convertito e non ancora omologato, gli strumenti dell'Orchestra Spettacolo I Moschettieri del Folk tintinnano appena con lo stesso rumore sottile che aveva l'impacchettatrice, quando lavorava ancora da Lombardini della frutta e china sul rullo metteva il fondino di plastica nei cestini per le pesche. Era lì che Secondo l'aveva notata e anche così, col camice blu e gli zoccoli e il fazzoletto stretto sui capelli, aveva saputo immaginare come sarebbe stata con la minigonna a sbuffo, la camicetta di paillette e gli zatteroni, tutta bianca, gialla e argento come la versione sexy di una bambola di porcellana e le aveva detto: «Basta con questi lavori manuali, da oggi sei una stella».

Gledes dorme.

Stretta tra Primo e Secondo sul sedile convertito e non ancora omologato, sfiora con la testa cotonata la fronte di Terzo, che da dietro si è chinato e si aggrappa con una mano allo schienale davanti. L'altra ce l'ha sotto la camicetta di Gledes, spinta sulla pancia morbida, segnata appena dall'elastico della minigonna, un dito che le arriva quasi fino all'ombelico. Le dita di Secondo, invece, pendono dal braccio che le ha messo dietro alle spalle e scivolano sotto il bordino di paillette della camicetta, sotto al reggiseno taglia quinta, rinforzato a coppa. Primo sta guidando e di necessità può solo tenere la mano destra aperta sulla sua coscia piena, il gomito piegato all'indietro per arrivare più in su possibile lungo quelle gambe robuste da ventenne contadina.

Gledes dorme indifferente, bollita dal caldo immobile di questo lunedì d'agosto. Il pulmino convertito e non ancora omologato l'avvolge e la stringe con i suoi tentacoli sudati, appiccicosi e caldi come quelli di Lombardini della frutta, che le scivolavano sotto al camice quando si chinava sul rullo, a stendere con le dita il fondino per le pesche.

Dorme e sogna, Gledes, dorme e sogna e anche se adesso le mani le usa solo per battere il tempo sul palco, avanti e indietro, avanti e indietro e *ùn-due-tré, mazuurrrrrka!* sogna davvero un lavoro che non sia più manuale.

Neppure per le mani degli altri.

SAAB CABRIO
TERZA CORSIA

Diceva sempre *l'uomo è cacciatore* e quando la coscio-
na di Gei Ar e i Dallas di Romagna gli chiese se poteva salire con lui perché il furgone era pieno, non se lo
fece ripetere due volte. Le aprì la portiera con un sorriso, tirando la manica della giacca perché si vedesse
il rolex d'oro, appoggiò il telefonino sul cruscotto e
fece rombare il turbo perché, diceva sempre, *quando
c'hai i soldi le donne corrono* e lui era lo sponsor prin-
cipale della Tredicesima Sagra Mondiale del Raviolo e
del Kiwi, ospite d'onore Mino Reitano, partecipazio-
ne speciale di Lara Saint Paul, canterini, sbandierato-
ri e dibattito su "Il crollo del comunismo e il futuro
della pesca nettarina".

Le sfiorò un ginocchio mentre ingranava la marcia,
spiandola con la coda dell'occhio per vedere se sorri-
deva e sì, infatti, un sorrisino c'era, lo diceva sempre
lui che *le donne, eccetto la mamma, sono tutte puttane.*
Allora le parlò delle sue conoscenze al Cantaromagna,

al Cantagiro, a Sanremo, all'Eurofestival, alla Notte degli Oscar, disse che conosceva Pippo Baudo, Renzo Arbore, Magalli, Mike Bongiorno e Maurizio Costanzo Show. E poi si fermò in un boschetto.

«Uh guarda, non va più la macchina» e intanto giù il ribaltabile.

Lei lo guardò e lui le mise una mano su una coscia e lei disse: «Cavaliere, cosa fa?» e lui disse: «Dài che lo sai» perché diceva sempre *di vergine c'è rimasto solo l'olio d'oliva e la Madonna* e lei disse: «Guardi che urlo» e lui «Ma va'» e zac tutte e due le mani sulle tette e lei «Ahhhh!» e lui addosso perché diceva sempre che *se la cercano, la violenza, e poi va là che si divertono anche loro* e allora lei si tolse una scarpa e BUM! una legnata sulla testa così forte che lui perse il controllo psicomotorio della lingua e fece una pernacchia di trentadue minuti.

Alla fine, lei non c'era più. Restava solo la scarpa sul sedile, col tacco rotto. Lui si strinse nelle spalle, indifferente, si riaggiustò il nodo alla cravatta e mise in moto, appoggiando la scarpa sul cruscotto.

Ed è lì che la tiene ancora, in bella vista, mentre arranca in autostrada come tutti, sotto il sole ai due all'ora.

Perché diceva sempre *con le donne non importa quello che ci fai, ma quello che racconti al bar!*

MINI MINOR ROSSA
TERZA CORSIA

Sotto le dita del piede nudo, la sensazione ruvida e calda del cruscotto di plastica.

Sotto quelle della mano, la lamiera che scivola rovente e polverosa finché non trovo un punto abbastanza fresco su cui fermarle.

Tra le spalle, gocce di sudore che scendono tiepide e velocissime fin dentro all'elastico delle mutandine, ogni volta che stacco la mia pelle da quella del sedile.

Sul mio volto, l'aria pungente di sole, d'asfalto e di benzina, immobile e pesante come una maschera.

Che siamo fermi in coda, bloccati sull'autostrada, lo avevo già capito prima che lui me lo dicesse. Perché sono cieca, ma lo sono da sempre e ho imparato a sentire i movimenti che mi circondano. Li riconosco dal respiro, dall'aria che le cose mi muovono accanto e dal rumore che fanno, che è come un respiro, appunto. Il sibilo delle frenate, l'aria dai finestrini che si fa sempre più calda e ferma, i ringhi dei motori che diventano sospiri e siamo fermi.

Silenzio, un silenzio pieno di cose, di fruscii, di voci, di respiri, come lo sono sempre i silenzi quando il rumore più forte tace all'improvviso e si possono sentire anche gli altri.

Credo che sia la stessa cosa che accade ai vedenti quando la luce si spegne e rimane tutto quello che non si poteva vedere prima. Non so, credo. Ho cercato di chiederglielo, ma lui non è riuscito a spiegarmelo.

La sua mano sul mio ginocchio sollevato mi scalda la pelle fino quasi a renderla insensibile. Ma non gli dico nulla. Lui è così, deve sempre toccarmi, tenermi, premermi, con una mano, con un dito, con il gomito. Dice che lo fa per farmi sentire che c'è ma io lo so anche senza che mi tocchi. Riesco a capire di che umore è dal calore della sua pelle, so cosa indossa dall'odore dei suoi vestiti e riesco anche a sentire il suo sorriso da quel rumore umido e sottile che fanno le sue labbra, quando si tendono.

Mi piace il rumore del suo sorriso. Per questo lascio che mi tenga la mano sul ginocchio anche se è caldo.

Quando camminiamo assieme lascio sempre che mi metta il braccio attorno alle spalle come se dovesse sorreggermi. E sulla soglia delle porte, quando il cambiamento del terreno sotto le suole mi fa capire che c'è un gradino e lui non se ne è accorto e ci inciamperebbe, lui, perché distratto come al solito tiene la testa dritta e fissa davanti a sé, dico: «Se non ci fossi tu sbatterei dappertutto».

E allora lui si ferma all'improvviso e dice: «E infatti qui c'è uno scalino, attenta» e mi tiene per il braccio, come se dovessi perdere l'equilibrio, finché non l'ho passato. Poi dice: «Se non ci fossi io» mi stringe forte e sento che sorride.

Ogni tanto, per farlo proprio contento, faccio finta di inciampare.

AREA DI PARCHEGGIO

«Piano. Non bere così in fretta. Gustalo, per favore.»
Io, più che bere, ingoio. Mia moglie dice che ho
una percezione ridotta del piacere... in realtà è che
non me ne frega niente. Ho di meglio da fare. Tipo
adesso, che salto una riunione della ditta per il suo
picnic del cazzo. «Andiamo in campagna» dice, «come quando eravamo ancora fidanzati.» Calcolo due
ore, due ore e mezzo al massimo tra andata e ritorno e
invece becchiamo questa coda. «Picnic in autostrada,
nell'area di parcheggio» dice lei, «non è romantico?»
Romantico una sega.
«Tu non ti accorgi mai di niente... sempre di corsa,
in viaggio, in riunione. Non pensi mai a noi due... al
fatto che le cose, a volte, potrebbero anche andare
male...»
Ci risiamo, il solito discorso della crisi. Uno spo-
sa una modella perché pensa che oltre a gambe, cu-
lo e tette non abbia altro e questa si complica la te-

sta con i momenti di crisi. Ma quale crisi... se non ti va bene vai, vai pure... tanto dopo torni perché sono io quello che ha i soldi. E se non torni chi se ne frega... ne trovo un'altra e anche più bella. E che rompe meno.

«Così, quando hai assunto quel ragazzo come autista e siamo rimasti soli, io e lui...»

Mi ha fatto le corna con l'autista. MI HA FATTO LE CORNA CON L'AUTISTA. Il picnic in campagna, il vino, questa cazzo di coda... tutto per dirmi che mi ha fatto le corna con l'autista. Ma che minchiata... bastava un fax!

La guardo mentre mi versa un altro bicchiere del vino che aveva preparato per il picnic. Seduta sul guardrail dell'area di parcheggio, una mano aperta sulla fronte per riparasi gli occhi da questo sole da autostrada, sorride e per un attimo, un attimo solo, penso che è così bella, Dio, com'è bella... ma subito mi viene in mente che mi sono dimenticato di telefonare per quell'ordine che va spedito domattina presto. Scolo il vino in un colpo, tutto d'un fiato, mentre mi frugo in tasca per cercare il cellulare. Com'è il numero?

«Fai sempre così, tu, tutto in fretta, senza guardare, senza assaporare niente.»

Cristo, l'agendina... l'ho lasciata in ditta. Com'era il numero? 335... ecco sì, 335...

«È così che sono riuscita a farti firmare la polizza d'assicurazione sulla vita, a beneficio mio. Forse faranno un po' di storie prima di pagare, ma abbiamo un amico che lavora nella compagnia d'assicurazione...»

Se ha il telefonino spento giuro che domani mattina me lo inculo. No, ecco, dà libero... Mi passo la lingua sulle labbra, perché il vino che ho bevuto mi ha lasciato in bocca un sapore strano, amaro, forte, un po' acido anche... Metto una mano sul microfono del cellulare, dico: «Ma con tutti i soldi che ti passo non riesci a comprare niente di meglio di questa roba? Cristo, sembra veleno».

Lei mi guarda, il mento appoggiato su una mano, la testa leggermente inclinata su una spalla, e sorride.

PRINZ VERDE
PRIMA CORSIA

Così, visti nello specchietto retrovisore, bisogna guardarli almeno due volte per crederci.

Lui siede rigido contro il sedile e tiene le mani sul volante segnando le nove e un quarto precise. Lei sorride, la testa leggermente inclinata su una spalla, si passa le dita tra i capelli e si mordicchia un labbro, così sensuale da dare fastidio.

Lui ha i capelli pepe e sale, il colorito di una mortadella e un naso che sembra un pomodoro. Lei è così bella da far paura.

A guardarli nello specchietto si può immaginare che lei si chiami Nadja e lui invece Delmo. Un giorno Delmo fece i conti di quanti anni aveva e scoprì che si sentiva solo. Così decise di rivolgersi a un'agenzia perché gli trovasse una moglie. «Quest'anno vanno molto le russe» gli dissero e gli fecero vedere un depliant che sembrava l'edizione di Natale di Playboy. Delmo arrossì, cominciò a sudare, gli vennero due vene nel collo come Pavarotti quando canta con Domingo e Carreras e alla fine scelse una bionda che si chiamava Nadja, anche se c'era una mora che gli piaceva di più, ma si chiamava Galìna e a uno che sta in campagna un nome così fa sempre un po' impressione.

Combinarono l'incontro per giovedì. L'agenzia non volle niente, a parte un contributo per le spese di viaggio, un contributo per le spese postali, un contributo per il telefono e la soddisfazione di vedere coronato il loro sogno d'amore. In tutto, diecimila euro.

A guardarli così, dal retrovisore, si può immaginare che Delmo passò il resto della settimana a friggere. Era talmente preso che mentre potava venne giù da un pero e fece secco il cane. Arò per sbaglio il campo di un vicino che, zitto, non gli disse niente finché non ebbe finito. A caccia sparò a una 127.

Finalmente venne giovedì, dopo una notte passata con gli occhi sbarrati come una civetta. Delmo si alzò alle cinque, fece il bagno, si mise il vestito blu con la cravatta a striscioni del povero babbo e andò alla stazione, col cuore che gli batteva, una scatola di cioccolatini a forma di cuore e un barattolo intero di Linetti sulla testa, per tenere giù i capelli. Alle 12 e 45, dal locale, scese lei.

A guardarli così, si può immaginare benissimo che Delmo era un coltivatore diretto di 55 anni, preferiva Casadei a Mozart e l'ultima cosa che aveva letto era *Cinque consigli per la caccia al cinghiale.*

Nadja era un'astronauta, aveva due lauree in fisica dello spazio e biogenetica molecolare ed era stata tenente dei paracadutisti.

Delmo aveva 603 di colesterolo e sembrava quello della birra Moretti.

Nadja era medaglia di bronzo alle parallele e argento al corpo libero. Parlava francese, inglese, tedesco, cecoslovacco e un po' di spagnolo.

Delmo non aveva mai capito la differenza tra avessi e avrei.

Nadja aveva distrutto un carro armato ceceno.

Delmo chiudeva i tortellini al festival di Rifondazione.

Quello che non si può immaginare è che fu amore a prima vista. Appena si scorsero un fulmine aprì in due il cielo. Appena si avvicinarono il sole tornò a splendere dietro le nuvole al canto festoso degli uccellini e appena si toccarono, topini e coniglietti cominciarono a intrecciare rami di pesco e di ciliegio a forma di cuore. Quando si baciarono, lontane campane dorate suonarono a distesa tutte le colonne sonore della Disney.

Quella notte, a letto, fecero i fuochi artificiali.

SCANIA BIANCO
PRIMA CORSIA

Vestito così, con i capelli tirati indietro, il giubbotto largo sul petto e senza neanche un filo di trucco, sembra proprio un uomo. Certo, si sente ridicolo, è dall'età di tredici anni che ha deciso che si sentiva meglio vestito diversamente e con tanto, tanto trucco. Ma quando sono sul camion a Macho non fa piacere e se a Macho non fa piacere allora lui non lo fa.

E dire che sono anche sposati. Lo hanno fatto ad Amsterdam, qualche mese prima. Viaggio di nozze: Amsterdam-Catanzaro con un carico di merluzzo surgelato, neanche tulipani, merluzzo del Baltico, ma fa lo stesso. A lui piace stare sul camion. È lì che ha visto Macho la prima volta, di giovedì, perché era sempre di giovedì che andava all'autogrill per incontrare i camionisti. Macho non era bello ma era molto, molto camionista. All'inizio sembrava non volerne sapere, ma poi, dopo qualche giovedì, era riuscito a farsi portare sul camion e tempo un anno: Amsterdam.

Di notte, invece, era diverso. L'autogrill buio, la cuccetta sulla motrice, dietro ai sedili, poteva restare vestito come sempre, con tanto trucco, i capelli sugli occhi e quel reggiseno a balconcino che piaceva tanto a Macho, ma di giorno, sotto al sole, no. Gli altri potevano vederli. Sull'autostrada poteva affiancarli un collega di Macho, che so, Furia, Rambo, Maradona, magari li vedeva qualcuno e Macho non poteva farsi trovare con la Luana seduta di fianco, neanche se si erano sposati ad Amsterdam, con il pastore, i merluzzi e tutto il resto. Peccato.

Nella corsia accanto, bloccato in coda a soffiare monossido bruciato sull'asfalto rovente, c'è El Diablo sul suo Scania nero. Parla con Macho attraverso il cb e deve avergli chiesto chi è lui, perché Macho ha detto: «Un amico».

Un amico.

Gli ha dato fastidio e allora, per distrarsi, alza la testa al cavalcavia che si avvicina lentamente, metro dopo metro e lo vede.

È un uomo, appoggiato alla balaustra.

È appoggiato alla balaustra e guarda giù.

Guarda giù e sembra che stia fissando loro.

Macho glielo dice sempre: «Sei nevrotica, mitomane e fissata» ma quell'uomo sul cavalcavia che si avvicina piano piano, metro dopo metro, è proprio sopra di loro, diventa sempre più grande nel cielo azzurro che si accorcia tra il bordo del parabrezza e la balaustra e lui sarà un mitomane, ma gli sembra già di sentirlo, lo schianto sul tetto, e gli sembra di vederlo quel sasso insanguinato che si porta via Macho. E proprio mentre il parabrezza si unisce alla balaustra e il cielo scompare in una striscia sottilissima, vede l'uomo che si china a prendere qualcosa. Qualcosa.

L'ombra, sotto il cavalcavia, sembra più nera. Macho parla nel cb e non pensa a niente. Ancora un metro e sono fuori, fuori dall'ombra nera, allo scoperto. Ancora un metro. Ancora un metro e forse il sasso.

«Che cazzo fai?» ruggisce Macho, spingendolo da parte. Sarà un fissato, sarà un mitomane, ma non ce l'ha fatta a non abbracciarlo in quel momento, anche se c'era El Diablo a guardarli. Sarà nevrotico ma non ce l'ha fatta.

Il sasso, comunque, non arriva. Lontano da lui, con le spalle appoggiate alla portiera, guarda Macho parlare nel cb, nervoso, veloce e fitto fitto, voltandogli la schiena.

Dietro, riflesso nello specchio laterale, l'uomo si affaccia al cavalcavia con una scarpa in mano, la scuote piano e frugando con due dita ne fa cadere fuori un sassolino.

CAVALCAVIA

All'ultimo test di Donna Moderna, «Sei un tipo sensuale?», fatto mentre aspettava che lei finisse di farsi la messa in piega, aveva totalizzato tre ed era venuto tra Mago Zurlì e Topolino. Su Intimerotico aveva fatto due perché l'unica domanda che aveva barrato era «cosa vi dite nell'intimità?» e la risposta era stata «buonanotte». Non sapeva dare una definizione esatta di orgasmo, non aveva mai fatto uso di supporti erotici e stimolanti anali, non conosceva nessuna delle diciassette posizioni del kamasutra pakistano, non sapeva niente di feticismo sublimato, non si era mai spalmato il corpo di nutella. Allora aveva corrugato la fronte, cupo, e scuotendo la testa aveva pensato *qui c'è qualcosa che non va*.

Certo, erano una coppia sulla cinquantina passata da un bel po', lei misurava 90-90-90 e in paragone anche Adriana Zarri sarebbe sembrata Pamela Anderson. E anche lui, carnagione pallida, doppio mento, occhi cerchiati, spalle curve, pancia sì, capelli no, non è che ci facesse una gran figura davanti allo specchio. Una volta, quando faceva il fresatore alla catena di montaggio, tornava stanco dal lavoro, la sera, si sedeva a mangiare, andava a guardare la tivù e si addormentava davanti al telegiornale. Ma da quando era in pensione non aveva scuse. Intimerotico lo diceva chiaramente. Nelle loro condizioni, col tempo libero e tutto, avrebbero dovuto farlo almeno due volte al giorno.

Così andò in soffitta e tirò fuori tutta la collezione di "Le Ore", "Supersex" e "Il Tromba", ma non successe un granché. Allora si fece coraggio ed entrò in un sexy shop.

Quella sera non accese neanche la televisione. Andò in bagno e al buio si mise la canottiera da Stallone e le mutande di peluche con la proboscide. Urlo di Lupo dietro alle orecchie e Fulmine Gitano sotto alle ascelle. Cremina Non Vi Potrà Resistere comprata a vasetti da Wanna Marchi. Perfino gli occhiali a raggi X della pubblicità sull'"Intrepido".

Entrò in camera che lei russava e in silenzio salì sul letto, in piedi. Lei si mosse. Non lo guardò neanche.

«Cosa c'è?» disse.

«Ecco, io...»

«Sì, lo so, i ceci. Perché li mangi se ti fanno male?»

«Ecco, io...»

«Dài, dormi su che domani ti faccio i fagiolini.»

Lei si voltò dall'altra parte. Lui scese dal letto, restò un po' seduto sul bordo e poi si mise sotto le lenzuola.

Il giorno dopo tornò sul cavalcavia a guardare le auto ferme in coda, come faceva sempre. E mentre lasciava cadere giù dalla balaustra il sassolino che si era tolto dalla scarpa pensò che tra l'altro, ora che la storia dei sassi dal cavalcavia non era più di moda, non passavano più neanche i carabinieri a chiedergli i documenti.

CAMION MILITARE
SOTTO IL CAVALCAVIA

Sognava di essere uno di quei tuffatori che si buttano dalla scogliera ed entrano come una lama nell'acqua azzurra e spumeggiante, con tutte le bollicine che gli scorrono addosso, velocissime. Invece si sveglia di colpo quando il camion si ferma con un gemito di vecchi freni militari e uno scossone brusco, da autista di leva, che quasi gli fa sfuggire il fucile di mano. Il camion si è inchiodato nella corsia d'emergenza, mezzo sotto e mezzo fuori dall'ombra nera del ponte del cavalcavia e appena il tenente dice: «Giù che aspettiamo che la coda si sblocchi» saltano fuori tutti dal cassone. Tranne lui. Lui è l'unico con la giacca della mimetica abbottonata sulla maglietta verde, l'unico con il basco ancora in testa, è seduto nella metà al sole ma resta immobile, perché il caporale gli ha puntato contro un dito e gli ha detto: «Block».

Il caporale ha vent'anni, uno in meno di lui che ne ha ventuno, ma è più anziano di tre mesi e poi è caporale. Così se ne resta nell'ombra a fissare quel rospo verde, fermo a sudare sotto il sole, senza poter muovere un muscolo finché non dirà *sblock* e vedrai che aspetta un pezzo, il rospo. Da quando ce l'ha sotto in compagnia e per tutto il tempo della guardia in polveriera che hanno appena fatto, gliel'avrà detto almeno cento volte, *block, fisso, stai muto, compresso e rassegnato* e quello sempre zitto, a obbedire. Turni di piantone, guardie, corvée di pulizia, brande da rifare, tutto aveva sopportato quella spina maledetta, senza dire niente, senza protestare, curvo e silenzioso come un mulo. Quelli così vanno tenuti schiacciati raso terra, come diceva il capo del cantiere dove lavorava come aiuto muratore in nero, prima di partire militare. Raso terra, con la mano a sfiorare le assi, perché chi è nato minchia, minchia resta e anche se non vuole sai che fa? Il resto non riusciva mai a sentirlo, perché se il capo vedeva che si fermava si incazzava e già che gliele faceva portare sempre a lui i sacchi di cemento, poi chissà come finiva. Ma l'aveva già capita da solo, la risposta: se non conti niente non conterai mai niente. Il rospo non contava niente e invece lui contava perché era anziano e caporale. Allora *block,* perché chi è nato minchia, minchia resta.

La canna del fucile comincia a scottare sotto le dita del rospo e lui le muove, appena. «Block» dice il caporale. Pensa ad Acapulco, al tuffatore che si immerge nell'acqua azzurra e non riesce a trattenersi dall'inarcare un po' la schiena, appena appena. «Block!» grida il caporale. Il rospo si impietrisce, cerca di restare immobile sotto il sole rovente, ma quando il sudore gli fa bruciare gli occhi, apre le dita e appoggia il fucile sulle ginocchia.

«Block, minchia! Block!» strilla il caporale e si alza e fa un passo ma si ferma, perché il rospo ha aperto il taschino della mimetica e ha tirato fuori un tesserino che non è come il suo.

«Senti, imbecille» gli sussurra, «sono un carabiniere. Faccio finta di essere una recluta perché indago su un traffico di droga, per cui, muto, compresso e rassegnato. Okay, testa di minchia?»

«Sblock» dice il caporale, d'istinto. E non si muove più, nemmeno quando un sassolino cade dall'alto e gli rimbalza con uno schiocco sonoro sul fregio lucido del basco.

PULLMAN (FRIGOBAR E TIVÙ)
PRIMA CORSIA

Stringe le mani attorno al volante, lancia un'occhiata allo specchietto e pensa *eccone un'altra.* Prima il vecchietto che ruba in autogrill, poi quello che non vuole l'aria condizionata e adesso questa che si avvicina lungo il corridoio del pullman.

«Posso? Sa, qui c'è lo specchio grande, così mi vedo meglio. Approfitto che siamo fermi per la coda, se no faccio un disastro.»

Deve avere duecento anni, la babbiona, eppure ha addosso un vestito che neanche Moira Orfei con gli elefanti. Si guarda nello specchio retrovisore appeso al centro del parabrezza e quando tira fuori una matita dalla borsetta che ha in mano a lui scappa da ridere.

«Non è mica gentile, sa, giovanotto? Quel sorrisino. Guardi che sono stata miss Italia, io.»

Lei spalanca gli occhi e mentre la fronte le si riempie di onde come un mare di cartapesta, traccia due righine ricurve al posto delle sopracciglia depilate, due baffetti, veloci e sottili. Lui vorrebbe dire *ah sì? e quando?* ma si trattiene. Sorride ancora, però, ed è come se parlasse.

«Non è mica gentile neanche questo, sa? Sono stata miss Italia subito dopo la guerra, nel '51.»

Ha anche il birignao nella voce e aspira le vocali come le doppiatrici dei film in bianco e nero. Rimette a posto la matita, prende un pennello e spinge in basso la mascella, allungando la faccia sul doppio mento. Una polvere scura le scava gli zigomi, ma appena molla la bocca la faccia le torna rotonda e segnata di rughine bianche di cipria, bianca come una luna.

«Sa che ho fatto un film, anche? *Anima Perduta*, con Amedeo Nazzari. È stato a Cinecittà che ho incontrato il mio povero marito, che era un giapponese. Sa quale? Quello che è rimasto dieci anni su un'isola del Pacifico perché non voleva arrendersi all'idea di aver perso la guerra. Volevano fare un film su di lui.»

Si è passata sulle palpebre un arcobaleno di ombretti fosforescenti. Si è annerita le ciglia con un rimmel denso come catrame. Ora stringe le labbra e le fa sporgere in fuori, disegnandoci sopra un cuore di rossetto lucido e spesso.

«Lei, giovanotto, quanti anni ha?» chiede. «Ventitré» dice lui. «E le piace il suo lavoro?» chiede. «Mi fa schifo» dice lui. «E cosa le piacerebbe fare?» chiede.

«L'ingegnere, ma l'Università costa e tanto non c'è lavoro neanche per quelli che ci sono già.»

Lei scuote la testa. «Povero giovanotto. Ha solo ventitré anni e si è già arreso. Io invece sono come il mio povero marito. Non mi arrendo, non mi arrendo mai.»

Poi si volta verso il cavaliere, che siede in prima fila perché soffre d'asma, gli chiede: «Come sto?» col birignao e lui, ansimando: «Sempre bellissima, sempre bellissima».

PORSCHE METALLIZZATA
SECONDA CORSIA

È successo che mentre correva sull'Autosole con tutti i finestrini aperti si è accorto all'improvviso della Thema Ferrari che lo aveva affiancato. L'uomo vicino al posto di guida lo aveva guardato in un modo strano e allora lui aveva schiacciato l'acceleratore della Porsche, volando sulla terza corsia. Non per fare le corse, per carità, non era il tipo, ma solo perché sul sedile accanto aveva la valigia con tutto il campionario dei gioielli e lui faceva il rappresentante da troppo tempo per non sentirli subito a naso, certi guai. E infatti aveva accelerato anche la Thema Ferrari, che era passata in seconda corsia, come per superarlo da destra e invece lo aveva affiancato e l'uomo al volante gli aveva fatto vedere la pistola.

È successo che siccome già una volta il titolare della ditta aveva sospettato che si fosse fatto rapinare apposta da un amico suo, questa volta non poteva proprio darglielo il campionario a degli sconosciuti, neanche se avevano la pistola. Così aveva accelerato ancora, era scivolato tra le auto in seconda e in prima corsia e via, con la Thema Ferrari dietro. E intanto aveva tirato fuori il telefonino e aveva chiamato il 113.

È successo che la pattuglia autostradale era proprio al casello quando l'hanno allertata e così le ha trovate subito, la Porsche davanti e la Thema Ferrari dietro e allora dietro anche l'auto della polizia, con la sirena accesa. L'ispettore ha anche sfilato la pistola dalla fondina e ha messo il colpo in canna mentre l'agente si piegava sul volante per fare lo slalom tra le corsie, fino a incollarsi all'auto dei banditi.

Ora ci sparano aveva pensato l'ispettore, *ora ci sparano* avevano pensato i due sulla Thema Ferrari, *ora mi sparano* aveva pensato il gioielliere.

Poi, all'improvviso, quella coda ferma che a momenti li aveva fatti schiantare l'uno sull'altro, tutti e tre in frenata davanti a un muro lampeggiante di luci d'emergenza gialle e rosse. Il gioielliere aveva guardato a destra alla ricerca di una via d'uscita, ma non c'era. I banditi avevano guardato a sinistra in cerca di un buco nel guardrail, ma non c'era. L'ispettore aveva pensato che se scendevano per arrestarli a piedi finiva in una sparatoria con conseguenze incontrollabili e l'agente aveva spento la sirena.

È successo che si sono trovati bloccati in quell'inseguimento a passo d'uomo, disposti su tre corsie diverse come carte mescolate a caso da uno che non sa giocare. Prima l'auto della polizia dietro al gioielliere dietro alla Thema Ferrari, poi la Porsche che insegue i banditi che inseguono la polizia, poi la Thema Ferrari che insegue il gioielliere che insegue i poliziotti.

«Se lasciassimo perdere e ce ne tornassimo tutti a casa?» ha detto l'agente e l'ispettore ha mosso un dito in cerchio, per indicare le auto tutte attorno. *Sì, bravo... e come ce ne andiamo?*

A un certo punto, per l'effetto ottico di un carro attrezzi che si muoveva più lentamente sulla corsia d'emergenza, è sembrato anche che si inseguissero a marcia indietro.

ELICOTTERO

Improvvisamente, la fila si muove. Le auto col motore già acceso si staccano di colpo, come se scivolassero, mentre le altre sembrano tossire di fretta e di imbarazzo, sotto i colpi secchi come starnuti delle portiere che si chiudono. Vista dall'alto, dall'elicottero, l'autostrada sembra un serpente dalle scaglie luminose, senza testa e senza coda, che si stira e si allunga come se si fosse svegliato in quel momento. Talmente compatto che non lascia neppure intravedere la trama nera dell'asfalto sotto le squame colorate.

Nell'elicottero, il rumore del motore è così forte e sordo che bisogna urlare. Quello alla cloche dice: «Così è l'unico modo, per me. Guardare da quassù, dico. Non riesco neanche a immaginare di essere là sotto, anzi, già mi manca il respiro. Sospeso in aria, nel cielo, come un angelo. Tutte le volte che scendo mi sembra un po' di morire... tornare all'ICI, al piccolo che porta il 36, a quello di mezzo che porta il 38 e a quello grande che porta il 41, ai libri di scuola e alle rate del mutuo, mentre invece quassù niente. Sai qual è l'unica volta che mi sono sentito felice a portare giù l'elicottero? Quando c'era quel nebbione sull'eliporto della caserma e sembrava di atterrare su una nuvola, proprio come un angelo. Una volta ho pensato di tirare in su la cloche invece che in giù, per salire ancora, il più in alto possibile».

Vista dall'alto, l'autostrada sembra un fiume nero attraversato da un branco di pesciolini di tutte le forme. Il sole si riflette sulla lamiera delle capotte come sulle squame dei pesci e brilla, blu oltremare, nero nacré, verde marino, rosso Ferrari, bianco metallizzato. Un arlecchino di lamiera rovente.

Quello accanto al pilota dice: «A me, invece, piace pensare a quelli là sotto. In questo senso mi sento anch'io come un angelo. Mi piace pensare a cosa pensano loro, cosa sentono, di cosa hanno bisogno e vorrei averlo per buttarglielo di sotto. Sai che certe volte, quando il sole batte così forte sulle auto ferme in coda, mi viene da star fermo in mezzo al cielo, per coprirli un po' con l'ombra».

Le auto si sono appena mosse che già cominciano a fermarsi. Le luci degli stop occhieggiano, rossi, come se sbattessero le palpebre, stupiti.

Quello alla cloche dice: «Tu come sei caduto?» e l'altro: «Così, guardando giù all'ombra che facevo. Non ho visto i fili della luce e ci ho sbattuto contro. E tu?».

«Io l'ho fatto, ho tirato su la cloche e sono andato su finché potevo, fino alle nuvole, fino agli angeli. E infatti sono venuto giù anch'io e adesso eccoci qua, tutti e due.»

Quello accanto al pilota guarda giù, alla coda che si è bloccata di nuovo, con un sussulto leggero. Sembra che cerchi la sagoma dell'elicottero sulle auto ma è solo un'impressione perché sa benissimo, lui, che quello è un elicottero che non fa ombra.

AUTOSOLE
31 AGOSTO

«Ma si può sapere cosa c'è?»

L'uomo nella Bravo azzurra sterza verso sinistra nei pochi metri che gli rimangono prima di fermarsi definitivamente dietro alla 2CV. Sembrava che la coda avesse ricominciato a muoversi, sciolta e veloce e invece no, tutti bloccati di nuovo, immobili. Così si sporge dal finestrino per cercare di vedere cosa c'è in fondo alla fila, ma non riesce a distinguere altro che fianchi di auto, dorsi di pullman e culi di camion. «Ma si può sapere cosa c'è?»

Il ragazzo nella 2CV, che ha aperto la portiera ed è sceso dalla macchina, si stringe nelle spalle e allarga anche le braccia. C'è il polso abbronzato, peloso e cerchiato d'oro di un camionista che sporge dal finestrino di uno Scania bianco. «Scusi... ce la fa a vedere cosa c'è che blocca?»

Il camionista si sporge in fuori, aggrappato allo sportello aperto. Da lassù, solo tre corsie di auto colo-

113

rate e luccicanti sotto il sole, fino al primo dosso, dove l'autostrada sale di livello e copre il resto. Laggiù, però, c'è un altro camion col cb. «El Diablo, sono Macho... riesci a vedere che cazzo c'è che blocca?»

El Diablo riesce a vedere solo fino alla prima curva, dove c'è Rambo, che vede solo fino alla galleria. Un camionista, più avanti, gli ha detto che ha sentito che c'è stato un incidente. Isoradio, invece, dice che è la coda per l'uscita e un poliziotto fermo nella corsia d'emergenza, diceva che era solo colpa dei lavori in corso. *Boh?*

L'uomo scende dalla Megane metallizzata, mentre la donna si divincola sui sedili per mettersi al volante. «Ma sei sicuro?» dice. «E se partiamo adesso?» ma lui agita una mano, senza neppure voltarsi. Inizia a camminare lungo il guardrail, col fiato caldo degli scappamenti dei camion che gli ansima sulle gambe. Più avanti, alza la testa e si fa schermo con la mano sulla fronte, per guardare l'uomo sul cavalcavia. «Senta un po', lassù... ma cosa c'è che blocca?»

Seduto sugli ultimi sedili del pullman, il vecchio vede l'uomo sul cavalcavia che scuote la testa. «Guardi, cavaliere, che è davanti che c'è il blocco, mica dietro» dice una signora dall'età indefinibile, truccata e vestita come fosse miss Italia. «Ha ragione» dice il vecchio e intanto prende uno dei formaggini rubati in autogrill, «è che sono abituato con i ricordi.»

Davanti, molto più avanti, ancora più avanti ma sempre in mezzo a quella coda immobile, il ragazzo si gratta il bicipite tatuato "Natural Born Killer" e si muove piano sul sedile della Mini Minor rossa, per non svegliare la biondina che gli dorme accanto. Gli sembra di essere fermo in coda da una vita e sempre piano, per non svegliare la ragazza, recupera da dietro il giornale che ha comprato poco prima nell'area di servizio e mentre pensa *che palle 'sti racconti in prima pagina, non vedo l'ora che ritorni Serra,* gli cade lo sguardo sulla data.

31 agosto.

Non è possibile, pensa l'uomo nella Mercedes 5000, fissando il datario del rolex. Dice: «Osvaldo, per favore» e strappa dalla mano dell'autista il tagliando d'ingresso preso al casello.

1° agosto.

Non è possibile, pensa il ragazzo nella Panda *non è possibile* e intanto si alza in piedi sul sedile e tira fuori la testa dall'apertura nel tetto, a guardare più avanti che può. Il ragazzo accanto a lui è pallido come se fosse già morto e trema in sintonia col vibrare del motore acceso.

«Che succede» dice, «quando finiamo la benzina?»

L'altro torna dentro, senza essere riuscito a vedere la fine di quella coda infinita, talmente lunga che si perde all'orizzonte.

«E che succede» dice, «se non la finiamo mai più?»

INDICE

Finito di stampare nel mese di agosto 2006 presso
Grafica Veneta - via Padova, 2 - Trebaseleghe (PD)
Printed in Italy